低調之歌

向明詩集

【總序】

跨世紀與跨領域的詩學詩藝
——台灣詩學季刊社二十周年慶

蕭蕭

「台灣詩學季刊雜誌社」創辦於一九九二年，當初參與創辦的八位詩人（尹玲、白靈、向明、李瑞騰、渡也、游喚、蘇紹連、蕭蕭）具有足以聚焦的共識，一是為台灣新詩的創作與發達，貢獻心力，二是為建立台灣觀點的詩學體系，累積學力。因此，「挖深織廣，詩寫台灣經驗；剖情析采，論說現代詩學」成為「台灣詩學季刊雜誌社」目標顯著的文字「ＬＯＧＯ」。誠如長期擔任社長職位的李瑞騰（一九五二～）在〈與時潮相呼應——台灣詩學季刊社十五周年慶〉所說：「我們站在上世紀九〇年代，面對台灣現代新詩的處境與發展，存有憂心；對於文學的歷史解釋，頗為焦慮。

我們選擇組社辦刊，通過媒體編輯及學術動員，在現代新詩領域強力發聲，護衛詩與台灣的尊嚴。」這是對詩藝的執著，對台灣新詩史、新詩學的歷史承擔。《台灣詩學》的歷史使命如此昭然若揭，從此展開跨越世紀的不懈奮鬥旅程。

一九九二至二〇〇一的前十年，《台灣詩學》經歷向明（董平，一九二八～）、李瑞騰兩位社長，白靈（莊祖煌，一九五一～）、蕭蕭（蕭水順，一九四七～）兩位主編，以季刊方式發行四十期二十五開本詩雜誌，評論與創作同步催生，在眾多偏向詩作發表的詩刊中獨樹一幟，對於增厚新詩學術地位，推高現代詩學層次，顯現耀眼成績。二〇〇三年五月改變編輯路向，易名為《台灣詩學學刊》，邁向純正學術論文刊物之路，每篇論文經過匿名審查，通過後始得刊登，是一份理論與實踐並重、歷史與現實兼顧的二十開本整合型詩學專刊（半年一期），也是台灣地區最早成為THCI期刊審核通過的詩雜誌，首任學刊主編鄭慧如（一九六五～）負責前五年十期編務，設計專題，率先引領風騷，達陣成功。繼任主編為詩人唐捐（劉正忠，一九六八～），賡續理想，擴大諮商對象，將詩學學刊提升為華文世界備受矚目的詩學評論專刊。

二〇〇三年六月十一日「台灣詩學」同仁蘇紹連（一九四九～）以個人力量闢設「台灣詩學．吹鼓吹詩論壇」網站（http://www.taiwanpoetry.com/phpbb3/），原先在網頁上到處尋訪知音的新詩寫作者，彷彿遇到了巨大的磁石，紛紛自動集結在蘇紹連四周，「吹鼓吹詩論壇」網站儼然成為台灣地區最大的現代詩交流平台，以二〇一二年五月而言，網站上的版面除〔台灣詩學總壇〕、〔詩學論述發表區〕之外，可供網友發表詩創作的區塊，以類型分就有散文詩、圖象詩、隱題詩、新聞詩、小說詩、無意象詩、台語詩、童詩、國民詩等，以主題分則有政治詩、社會詩、地方詩、旅遊詩、女性詩、男子漢詩、同志詩、性詩、預言詩、史詩、原住民詩、惡童詩、人物詩、情詩、贈答詩、詠物詩、親情詩、勵志詩等，另有跨領域詩作：影像圖文、數位詩、應用詩、朗誦詩、歌詞、曲等等，不可或缺的意見交誼廳、詩壇訊息、民意調查、詩人寫真館、訪客自由寫、個人專欄諸項，項項俱全，文章總數已達十二萬篇以上，網頁通路所應擁有的功能無不具足，新詩創作、評論與教學所應含括的範疇與內容，無不齊備。二〇〇五年九月紙本《吹鼓吹詩論壇》在蘇紹連主導下隆重出版，這是將半年來網路論壇上所發表的詩作，披沙揀金，選出傑異作品刊登於《吹鼓吹詩論壇》雜誌上，台灣網路詩作不僅可以快速在網路上流傳，還可以以紙本的面貌與傳統性質的現代詩刊一較短長，網界盛事，也是詩壇新聞，「台灣詩學」因而成為臺灣新詩史上同時發行嚴正高規格的「學刊」與充滿青春活力「吹鼓吹」的雙刊同仁集團。前任社長李瑞騰所期許的「台灣現代新詩具體而微的百科全書」，「吹鼓吹詩論壇」網站與紙本的刊行，應已達成。

二〇二二年，「台灣詩學季刊雜誌社」創社三十週年，檢視這三十年的足跡，我們不改最早創刊的初衷，不負「台灣」、「詩學」的遠大理想，一直站在台灣土地的現實上向詩瞭望，跨世紀、跨領域增強詩學、詩藝，將以十六冊書籍的出版，兩本詩刊《台灣詩學學刊》、《吹鼓吹詩論壇》的持續發行，展現我們的決志與毅力，繼續向詩、向未來瞭望與邁進。

台灣詩學同仁在創作與評論上分頭努力，因此在三十週年社慶時我們出版六冊詩集、兩冊論集（均由秀威資訊公司出版），詩集是向明的《低調之歌》、尹玲的《故事故事》、蕭蕭的《雲水依依——蕭蕭茶詩集》、蘇紹連的《少年詩人夢》、白靈的《詩二十首及其檔案》、蕓朵的《玫瑰的國度》，含括了年紀最長的向明，寫詩資歷最淺、由評論界跨足創作領域的蕓朵（李翠瑛）；中生代的四位詩人各有特色，尹玲配合照片說故事，蕭蕭配以小學生的繪圖專力寫作茶詩，蘇紹連則解剖自己，以詩話的舒緩語氣說他的少年詩人夢，白靈不改科學家與新詩教育家精神，以自己寫詩歷程的各階檔案，如實印製，期能對寫詩晚輩有所啟發。論集是新世代評論家林于弘（方群）的《熠熠群星：臺灣當代詩人論》、解昆樺的《台灣現代詩典律與知識地層的建構推移：以創世紀與笠詩社為觀察核心》，對於詩人、詩社的發展，全面關注，深刻觀察。

此外，跨領域的合作，還包括與海內外學界合作出版《閱讀白靈》（秀威）、《網路世紀．故里情懷》（萬卷樓）學術研討會論文集，編輯海內外第一本網路世代詩人選《世紀吹鼓吹》、海內外第一本《台灣生態詩》（爾雅），跨領域也跨海域。這種跨領域也跨海域的工作範疇，當然也呈現在二〇〇九年開始，蘇紹連以個人力量訂立方案、獲得「秀威資訊科技有限公司」贊襄的「台灣詩學吹鼓吹詩人叢書」，目前已出版十九冊，最新的四冊是櫺曦的《自體感官》，古塵的《屬於遺忘》，王羅蜜多的《問路——用一首詩》，肖水的《中文課》，其中肖水（簡體字）即為上海年輕詩人。

二十年來，「台灣詩學季刊雜誌社」以「台灣」、「詩學」為主體、為基地，但不以「台灣」、「詩學」為拘限，不以「台灣」、「詩學」為滿足，下一個二十年，全新的華文新詩界，台灣詩學將會聯合所有愛詩的朋友，貢獻出跨領域、跨海域的詩學與詩藝，一起發光且發亮。

二〇一二年八月寫於明道大學

向時光說分明

——序向明詩集《低調之歌》

李進文

向明老師讀詩、寫詩、評詩一甲子，在時光的長河中……他於五〇年代進入詩壇，師事覃子豪，加入藍星詩社，曾任主編，奉獻詩壇，提攜後進，詩風於儒雅中潛伏針砭，文字於簡單處內蘊深意，以詩涉事，平易近人，詩壇說他「向晚愈明」，一方面指他的續航力驚人，另一方面我則認為他的詩風愈到晚年愈明朗，不執著於文字華美的外衣。他向簡單邁進，讓生命與詩都更加自在，如他在這本新詩集《低調之歌》的〈沒有歌〉所云：「沒有了一切的沒有之後／只要我還在／創世紀就必定還在／最好一切真沒有／那就肯定很自在」。

在向明的「詩國」之中，他出入從容，不徵逐於瞬間爆發，而是以走長路的苦行僧態度一步一腳印，他最早的詩集是民國四十八年出版的《雨天書》，隔了十年才出版《狼煙》，第三本詩集是七十一年的《青春的臉》，又隔了五年才有《水的回想》，八十三年出版《隨身的糾纏》，一晃十年才發表《陽光顆粒》，民國一百年出版《閒愁》，最新的詩集則是這本《低調之歌》。

但是，向明的成就不侷限在詩作，他為人津津樂道的還有「向明詩話」，他的詩話對詩教育的推廣和青年的影響深遠，他學養豐富卻能以深入淺出、旁徵博引的方式娓娓道來，引人入勝，他曾在《台灣新聞報》為期每週一篇長達兩年的「新詩一百問」專欄、在《青年日報》副刊寫「窺詩手記」專欄、在《人間福報》寫「詩探索」專欄、在《中華日報》副刊寫「好詩共賞」專欄……輕快活潑，觸類旁通，創造極佳的口碑，其後結集成《新詩一百問》、《客子光陰詩卷裡》、《走在詩國邊緣》，《窺詩手記》、《詩來詩往》、《我為詩狂》等詩話詩論，影響至深至遠。

經常有人說向明行事「低調」，他竟也順應眾意，為新詩集下了個「低調之歌」的標題，頗耐人尋味，在向明晚年靜靜的時光中，咀嚼「低調」兩字，箇中況味應該別有深意，低調有低調中的華麗，低調也有低調中的深厚底蘊，「然而，我的名字／注定暗淡不下來／火焰跳躍著我的慾望／光源充實著我的理想／向日葵科的一類植物／永遠，永遠命定不能向暗」（〈陰暗一下〉），他叫「向明」，所以想要變得陰暗一些，變！在〈變變變〉詩中他想要變得纖細些、變得粗獷些、變得柔軟些、變得樂觀些。「低調與變」並置在向明身上，極具反差與張力，他的求新求變無寧是高調的！

讀他的〈瘋言語〉即可知。這是一首很叛逆的詩，別人用行事低調、用態度溫和、用性格儒雅……套用在他身上，但是叛逆才是向明詩國的王道，於是他仿瘋人語言發乎於詩，頗有自況意味。「偏偏你們拿的是一根老舊的韁繩／想用已不時興的方式馴服一頭驢／驢也有驢權呵！我也要自由／唯一的罪行是我愛走在馬路中間／偏偏倒倒的，偏要你們好看」。

全本《低調之歌》要言之，我私以為有兩個重要的命題：時光與涉世。

向明步入晚年，面對有限人生，重新審視時光，向前、向後、向光明、向陰暗細細咀嚼……原以為他會遣悲懷、嘆人生，然而向明卻以一種赤子心態，自我調侃：「老狗和我都已到了風吹即滅的晚年／ＩＱ退化和衰老失智難免會狂吠胡言／如果不小心冒犯，請哈哈一笑置之」。當他審視時光，一步一趨要走向的是「自己的原始」，回到本真與初心。

「而我這樣的宅男／窗外雲的沒落，月的消停／與我何干／／只擔心，自己衣飾裡／膨脹充血的脈絡／在把未來擠成石灰質？／還是妄想苦撐住／傾頹的塑料鋼骨，和／應聲落水的無料夢想」（〈綠紗窗外〉），他不怕老，怕的是夢想石化了。

於是，漸漸地，老來見山仍是山，在〈沒有怎麼樣〉一詩中，提到諸般人間爭逐，到後來都成了歷史的塵埃。人生最壞如果連死都不是，還會怎樣?!有些人創造歷史，有些人改變歷史，有些人破壞歷史，例如軒轅帝、漢高祖、張獻忠、成吉思汗、慈禧太后、四人幫……後來又怎麼樣？地球照轉，世界恆常，呃，「世界像老牌妓女戶，郎來客往頻繁／除了遍處污穢，都不會怎麼樣」。生老病死，人世更替，來了走了，又如何？

如此這般，一陣對時光的大思量之後，向明穩妥地、自信地接受了老境，而且提升到一種宗教情懷。〈老至吟〉這樣說：「唯有視老如親，待它如忘年的友人／絕不在乎老之趨近，無須提防黑手偷心／視老之來臨如時序之進入秋冬，萬物將／自孕育長成，果熟蒂落的一次輪迴／縱肉身枯爛成腐朽，仍可充作養份再造生命／懼老的你我朋友，應有此充份的自信」。

在精神層面的自我消解之後，回到現實層面要如何「操作」呢？歲數是加法，心境是減法，他想到「丟掉」。「真的，必須開始學會丟包了／先要丟掉的是加諸生理的貞操帶」、「丟掉的是不耐重擊暴走的火星」、而「人說詩猶如人必溫柔敦厚／快丟掉那些補妝式的虛榮」……丟掉丟掉再丟掉，才能解放。──「想要解放自己麼？慎選自己的／頭套最要緊，別老是中性或中空／無論桂冠、烏紗、瓜皮、或鴨舌／都要丟掉，以免偏頭痛或腦中風／情願頂上只剩下一大片青空」。

人們往往透過自況和深層的自我探索，而不經意進入宗教與禪學，在〈老至吟〉向明有些微提到萬物迴輪的層面，但事實上，向明諸多作品中，似乎有意無意地要避開玄學，或許玄虛並不符合他的脾性，換言之，談到宗教信仰，例如在〈經歷〉這首詩，宗教只是一個切片，宗教沒有救贖他，不論是基督教（曾經住過／在拿撒勒人體內住過）、佛教（曾經偷吻過／佛陀的大姆指）……他歷經戰亂，歷經困頓，救贖他的是詩，詩才是向明的宗教。

也因此，他對一些神靈玄幻，有著質疑，例如〈求籤——各路神靈〉：「納悶的是你們的語言，永遠／流水般躲閃」……「別以搖落的籤枝製造虛假機率／編造出千篇一律的偈語騙人／切勿以囈語或啞謎裝作高深／現代滑鼠一舔即能識破一切底蘊」。最後一句反差極大，網路上也有數不清的算命軟體，彷彿命運也能透過科技運算。向明是受過科學訓練的人，到老仍是網路的重度使用者。並不是說他相信科學，而是他不相信冥冥中的假神靈，以及厭惡自憐者，他只相信：自己的雙手才能主宰自己的人生。

在時光長河之中，他思己兼懷人，例如〈低調的記憶——悼楚戈〉、〈舒暢已回家〉、〈換日線——為小友送別〉。悼楚戈一詩，雖然以散文化的筆觸寫，懷想一些糗事，但真摯動人——「你的一生在製造疼痛，化不可能為可能。就如你所信奉的尼采說的，『只有不斷引起疼痛的東西，才不會被忘記。』你是不會被忘記的……」

詩人從來就不應耽溺在時光的追憶之中，詩的力量在於「涉事」，積極介入人間，關懷世情，在這本《低調之歌》詩集，向明寫「社會性」這類詩變多了。在溫和處有辛辣，往往言簡意賅，發人深省。

〈歇業〉中提到舊社會的崩盤和新世界的榮景。〈INSTANT〉直指現今社會一切都追求INSTANT，「唯有／搶救來不及INSTANT／逃命也沒法INSTANT／災情報導須INSTANT／官員反應不INSTANT」。他諷刺台灣的特殊現象「名嘴」的嘴臉，如〈朝花夕石〉，向明不斷以「他們硬要和我辯論」一句重覆提醒及諷刺真理並沒有愈辯愈明，而是把黑的說成白的，把白的說得不明不白——「這可是一場危險的公審／他們居然要為一隻踩死的螞蟻／索取國賠」這般荒謬絕倫，他憤而直言：「難道你還會比名嘴更白目？」另在〈就讓他們腐爛〉詩中，更以吶喊方式控訴不公不義。

〈打房謠〉以幽默的擬人化方式行文，房子無辜，都是權貴炒（吵）的。「關鍵在喊打只是嚇人的口號／寄望嚇服以炒房而獲巨利之人」但有無嚇阻作用呢？沒有！「喊打不成課以重稅仍輕如拔一根寒毛」，向明用詩探討、議論：「問題全出在M型的凸凹上／都想別人讓出平坦給自己馳騁／站在別人肩胛上耍刀／既保自身安全又顯無上威風／真不知要打的究竟是一房、二房／還是側室、偏房，抑或暗房」更諷刺的是「有那佔千坪土地的豪奢墳塋，居然／厚著臉皮攻擊一隻小小骨灰罈」，無奈啊，「偏偏這年頭處處靠『打』爭取版面」。

〈化外之民〉則是根據報載屢有老榮民將其一生僅有的積蓄捐獻給弱勢族群的報導，本詩亦是向明一位舊識的親身經歷。

〈這是蝦米世界〉則是他除了涉事社會議題之外，述及國族的詩。他在日本掉了一本護照，「上面有我的國家的圖騰」，聯想到釣魚台也被偷走。有人在捷運上開罵這是什麼「爛國家」，有人有以「幹」字國罵對國家不滿，然而「別人所憎惡的／反而是我所珍惜的」，他不解為何有人不珍惜國家，一旦你遺失了國家的圖騰，就失了根。再苦再窮再艱難的國家，仍是自己的親人。這是向明一生經歷的深刻體悟。

向明，向時光說明——說明生命的狂狷與安頓，人間諸相如問號載浮載沉於時光之流，流向他，他在這本集子裡以直白的語字主動向時光說明，同時也說給進入晚景的自己聽，他聽見自己臨老仍在格格作響的思維變化，他聽見不安分的靈魂時時要掙脫桎梏追求「變變變」的欲望。而要求變，就要涉事，關心人間，為不平發聲，為真理護持。寧靜的變革總是低調的，然而穿透力卻是人間的最高音。

目次

菩提識

喜歡用喜歡的顏色喜歡一些事情
悲傷因悲傷不出一切悲傷的原因
糟蹋掉糟蹋不盡的糟糕歲月
解決些解決不了的隨身癢痛

囉唆是囉囉唆唆也無法還原的消磁記憶
嘻哈是嘻嘻哈哈過後天真不散的唾沫星
不克將自己打包是還未能折磨自己成一件行李
尚未將皮肉炙燒成可口點心皆因配料不夠齊整

真正慈悲不了的是
我們手無寸鐵
卻要去打傷一隻蚊子和其家小
而且要口唸
阿彌陀經三千萬遍
如是我聞

二〇〇六・十一・六

在李白墓前

我不敢出聲
在李白墓前變得更安靜
不敢承認我是他的後輩
不敢高攀他是我的典型

沒有跟他人一樣起鬨
買酒來澆淋墓塚三匝
據說可以帶來好運
我不要好運，聞酒就醉
永不可能步斗酒詩三百的後塵

我的ＩＱ和ＥＱ都比他差
學不會吟清平調，跳霓裳羽衣舞
在李白的墓前感到更卑微
我的身高遠不如墓草一樣魁梧

再者，已沒有帝王會拿龍巾拭吐
也沒有甘於下賤的高力士脫靴
我再積極也做不到筆落驚風雨
在李白墓前我急著回家
只有養鳥的興趣他和我相同

註：李白墓在安徽當塗采石磯畔，二〇〇六年曾趁參加詩歌節之便一遊。

詩零碎

一

誰才能穩住一汪大海呢？

心啊！拜託你

你就自我約制一點吧！

二

處在眾聲喧嘩中
越來越不願
往身上貼金鑲銀

一個泥塑的菩薩
在疏落的香煙中
珍視自己的
一世清貧

三

真願變成一隻蛹
一輩子成不了蝶
也無所謂

只要能藏在
沒有花粉熱的
繭居中

四

不再計較
白天的激化，夜晚的對立
春寒的蝕骨，夏日的驚暴
秋決的恐怖，冬夜的濕冷

一切都交給微笑去淡化
一切都待詩，去反芻
去消瘦、去沒入

二〇〇七・九・十

沒有歌

沒有水
只要淚腺還在
沒有火
只要撞擊摩擦還在
沒有月色
只要天花亂墜的幻想還在
沒有了棒棒糖
只要青青的甘蔗田還在
沒有了故事書

只要生花的妙筆還在，頭腦還在
沒有了炸雞塊
只要混圓的蛋還在，爐火還在
沒有了妳的繡花襯裙
只要想妳的欲望還在，針線還在

沒有了一切的沒有之後
只要我還在
創世紀就必定還在
最好一切真沒有
那就肯定很自在

二〇〇七・九・二十六

沉默

我的無言，乃在
決不藏在誰的胯下
打屁或唸經

即使刺刀在肋骨間打洞
也不喊痛
只當誰在影子上刺青

猶如銅像不屑
也決不會彎下腰來
檢視自己的下半身

即使那裡有一塊紅腫
那也是一次
對真實的堅挺

二〇〇七・十・十九

陰暗一下

身體裡有著太多太多的光
常常奪去了螢火蟲卑微的希望
必須稍微陰暗一點
像一根火柴
避免摩擦或碰撞
擠入狹小空間，徐圖有次擦燃

陰暗以後
便無法好奇，東張西望

才分得魑、魅、魍、魎
也不會隨意邁步陷阱
怕不小心掉入
成了飢餓鱷魚的最早晚餐

然而，我的名字
注定暗淡不下來
火焰跳躍著我的慾望
光源充實著我的理想
向日葵科的一類植物
永遠，永遠命定不能向暗

二〇〇七・十一・十五

吞吐

吞下幾滴漱口水
吐出一段大長令
吞下大堆昆布結
吐出一座垃圾山
吞下幾片胃腸藥
吐出冒牌舍利子

吞下一大筐怨氣
吐出無數個響屁

怎麼都是如斯輕薄難堪
都非黃即黑，月經般調適難

或曰：色不異空，空不異色
上空艦褸破洞，連累
下半身癱瘓，謝肉祭停止鬧場

二〇〇一・十二・二

軒轅

看到對面屋角上的一扇窗
大喇喇的
我就想給他一拳
打死他那麼無知的開向

讓我非得目不轉睛的照著自己看

我已經不想要我自己了
在一些名片上

開始逃亡
在一堆履歷上
纂改出生
在一些場合中
戴上假髮
從此不再告訴別人
我是前世又前世的正宗軒轅

其實，無論從反照或真身去看
世上真沒有這麼畏縮
膽怯而又無力感的
軒轅。只是
在頭上還有一點點倨傲的靈光

二〇〇七・十二・七

變變變

變得纖細些
好鑽進各種漏洞
如筆直的龍捲風插進天體的鼻孔
想想會攪出多少有關痛養的風雲

變得粗獷些
好擎舉各種神龕
如一道霹靂閃電砸開符咒的安全閥
想想頓時會釋放出多少塗黑的星星

變得柔軟些
好親近各種誘惑
如一球肥肥胖胖的棉花糖引人去舔
想想在嚐不出甜實的空有時多心寒

變得樂觀些
好適應各種興奮
如經典正教導我們該如何正襟危坐
不想蟑螂卻搔癢我害雞眼的腳板心

二〇〇八・三・七

落塵

通透的肉眼老化成了玻璃水晶
遺憾從此不識繁華的過眼煙雲

咬合不再滿嘴鬆脆而係遍植的假牙
怕從此再難以軟硬通吃了吧？

心臟運轉已全賴幾根旁路支架
看來氣弱體衰再也不值幾分身價

舉步維艱好在有人工關節支撐
可惜再難以上上下下一帆風順

唉！長恨此身如一無是處的落塵
何必營營，騰飛已無翅展身

二○○八・十一・十七

盡頭

明明知道，一切都是天命無常
卻仍在拚命地找
八千里路雲和月的盡頭
海角天涯的盡頭
螢火蟲燒盡全身熱量
何日能探照到一條大路的盡頭
城門失火延燒至那家權貴才算毀滅盡頭
老媽媽問一去不歸的兒子流落在何方盡頭

銅像一直罰站何日才是刑期滿的盡頭
魚要如何用力才能躍到龍門的盡頭
鳥要怎樣加固翅膀飛抵天堂的盡頭

也仍只能拚命的找尋，發現
流水沒有盡頭，江湖只是過路
棒棒糖的盡頭肯定只剩一根光棒棒
夢幻的盡頭只是空歡喜一場
即使落葉賴著不走，要離枝而去的
終究飛去找自己再生的盡頭，與誰也無關

二〇〇九・一・七

歇業

補鍋的歇業
鑼擔子歇業
澡堂子歇業
擦鞋童歇業
剃頭挑子歇業
旗袍師傅歇業
餵母奶的歇業
點心世界歇業
白雪歌舞團歇業
李棠華特技歇業

朝風咖啡館歇業
賣杏仁茶的歇業
叮叮噹噹的醬菜車歇業
麥芽糖換破銅爛鐵歇業
補玻璃絲襪的姑娘歇業
顧正秋胡少安舞台歇業
炭石燈下耍鬼影的人歇業
鵝媽媽空中英語教學歇業
賣乾嘛糖的雜貨鋪子歇業
印教科書的台灣書店歇業
重慶南路書店街多關門停業
詩歌這古早行當將瀕臨失業
諸多固有文化崩盤打成無業
文創興許賺錢成為新興物業

這也不在，那已倒店
這家歇業，那家關門
興許這就是所謂
舊社稷的崩盤
新世界的榮景

二〇〇九・三・二十六

INSTANT

愛戀要快要INSTANT
記恨不得不INSTANT
變成白痴會INSTANT
裝瘋賣傻當INSTANT
沖泡咖啡已INSTANT
方便麵更是INSTANT
搖頭丸必定INSTANT
作物增產獲利需INSTANT
水土保持卻從不INSTANT

寫流行詩歌必須INSTANT
順口溜必須溜得INSTANT

所以，
惡水之來也INSTANT
土石流隨之INSTANT
形成堰塞湖INSTANT
一切都追求INSTANT
唯有
搶救來不及INSTANT
逃命也沒法INSTANT
災情報導須INSTANT
官員反應不INSTANT

二〇〇九・九・十三

ON & OFF

ON

按下去
按在妳鼓鼓的乳房上
沒有半點邪念
只是在檢查
裡面還藏有沒有理想

壓下去
壓一下你勃起的陰莖
沒有半點惡意
那是來考驗
你是不是仍然堅挺

低下去
把你的頭壓低下去
純粹是好意
要小心呵
流彈隨時可能來巡弋

OFF

放下
放下你冰冷的小手
別緊緊挾住我的喉嚨
色不異空
空不異色
最後一切都將是夢

關掉
關掉所有喧鬧的發聲
讓這世界開始清靜
塵歸塵

土歸土
吵到最後都歸烏有

熄去
熄滅一切引燃的火種
包括你我的兩片嘴唇
你是你
我是我
紅豔是表面，漆黑是內心

二〇〇九・十一・二十四

朝花夕石

他們硬要和我辯論
我已被我的年齡綁死
高壓得已經詞窮
不知道發出的聲音
會是什麼樣的尺寸
是蚯蚓般畏縮、還是
啞鈴一樣裝聾

這可是一場危險的公審
他們居然要為一隻踩死的螞蟻

索取國賠
控訴哪一隻羊蹄沒長眼睛
要求屠宰場徹底廢除死刑
　豬羊變色成為歷史教訓
誰都不許唸一聲「阿們」

他們硬要我和他辯論
我告訴他已是失智的老人
口中會無厘頭的亂扯
從楊貴妃的貞操帶細說
到數世紀後今天的火星文
他說這有什麼關係
難道你還會比名嘴更低能？

二〇一〇・四・十六

就讓他們腐爛

就讓他們腐爛吧
那些已經鐵了心的，甘遭天譴
那些吃果子不拜樹頭的
那些放棄祖脈自認異類的
那些湮視媚行只信權位的
那些不識慈悲製造仇恨的
那些不學大地母親寬大包容的
就讓他們腐爛吧，他們腐爛掉
會給土地帶來肥沃
會給人間帶來收成

就讓他們腐爛吧
不要救他，救他
他們反會露出憎惡的猙獰
他們的醜陋如蠕動的蛆蟲
他們的異行如逐臭的蒼蠅
他們的形體如敗葉加枯枝
他們的作為如莽漢般失智
就讓他們自己徹底腐爛吧
讓他們自尋毀滅來印證
這才是，天地不容

二〇一〇・五・二十

水檻——寫我私房的「碧潭」

碧悠悠的這一處深潭
是山海經中單獨留下來的
一座水檻。不是說：
「面有九井，以玉為檻」

美得連西子也沒話講，不時有
醉醺醺的李太白前來掬水月
寶玉哥悄來私會水邊的林妹妹
羅蜜歐和茱麗葉遠來水岸私訪

喝不慣苦咖啡的舊式文人
也來爭嚐文山包種茶的清香

也會看到一群時髦的帥哥辣妹
操著不懂的暗語在開點水派對
過動的舞姿把遊船幌動得
藍天與碧水都惶惶不安

要對這兩岸守護的青山致敬
我那一汪清澈的早年記憶
夠甜蜜也夠辛酸
初潮和失手都同在這水的一方

二〇一〇・六・六

這是蝦米世界

一

出事的時候
在名古屋，被浪人
偷走了我的護照
上面有我的國家的圖騰
六神無主時
才想到了，他們
不但盜走我們的釣魚台
而今還偷走我的護身符

二

在適人冷氣的薰陶下
有人在捷運車廂，開罵
這是什麼爛「國家」嗎？
連吃一包爆米花的自由也沒有
貓纜又停了
說是將有十級強風
他們幹嗎
專管屁事？

三

正走在紅磚道上
想一句詩

突然一輛野狼咆哮而出
我來不及反應，
誰又敢與野狼對峙？
只是惋惜突然撞斷的靈思
它反而狠狠地白眼瞪我：
「幹，這樣的地方還能待嗎？
騎機車都不能自由行！」

四

別人所憎惡的
反而是我所珍惜的
譬如心情不佳時唱一曲「滿江紅」
居然這也惱怒了一群烏鴉
即使九十九年九月九日

這樣長長久久的吉時
它們也在危殆的國境邊
噪聒些不吉祥的
咒語

五

想起壯懷激烈一再高唱
國家，國家，氣壯得像一頭頭猛獅
便覺大家都曾無比的牛逼過
雖然那時庫無外匯存底
弱妻都靠替人織髮網修補日子
可從來沒有嫌棄過
那已經盡忠盡孝
力盡如蠶吐完絲的父執輩

更不會吐一口痰
在老奶奶滿是皺褶的臉上
然後說：去死

二〇一〇・十・八

鹹濕歲月

我的愛人和誰有深仇一直蒙在鼓中
聽到過擂鼓的憤怒，咚咚聲震耳欲聾
以為是門口有廟會，沒關好大門

寵物和誰結下樑子，我豈會得知
本人既非徐文長也不懂鳥語，它們
關在家裡，困在籠中從來不准外出

屋前的槐樹和誰有過節已無權過問
都已粗壯到超出我雙手合抱
枝幹高聳得只能向上指天，無心旁騖

老狗和我都已到了風吹即滅的晚年
ＩＱ退化和衰老失智難免會狂吠胡言
如果不小心冒犯，請哈哈一笑置之

鹹濕歲月有鹹濕的生存法則
高蛋白或低卡洛里只是蒼白的數字
都沒法催討誰，已繳回自己的原始

二〇一〇・十二・十五

沒有怎麼樣

軒轅帝早就深埋在歷史角落裡
沒有怎麼樣
漢高祖的大風歌已風化成落塵
沒有怎麼樣
張獻忠殺得手軟意未盡就收山
沒有怎麼樣

成吉斯汗彎弓射大鵰終未得手
沒有怎麼樣

老佛爺不識之無惹來了八國聯軍
也，沒有怎麼樣

四人幫造反失算，反被眾怒整肅掉
更，沒有怎麼樣

杜十三文創風發飆成心機梗塞
看來，也不知究是怎麼樣

世界像老牌妓女戶，郎來客往頻繁
除了遍處污穢，都不會怎麼樣

二〇一〇・十二・五

低調的記憶——悼楚戈

德星呀！你走了
朋友說我們認識得最早
該為你寫首詩
我想我能寫的也只有早年的一些日子

譬如我一直只喊你袁德星，那是我們最珍貴的初識
譬如我只知道你的住址是湖口愛勢村十一號轉
譬如我為你找盡「今日美國」上的彩色國畫圖片供你臨摹
譬如你初戀的賢淑卻愛上你哥哥楚風，我為你不平

譬如好不容易你為我介紹女友，我卻不會一見面就抱著她猛吻，你說
這是你的絕招，而我永學不會，你說我，真蠢
譬如大家都搶著要你的畫，你說任我選、任我挑，我卻不忍、從未採
取任何行動。我只保有你在民國四十八年畫在明信片上寄我的忍冬寒
梅，和幾張刻蠟紙油印，蓋上肥皂刻的關防，用作升學證明的廢紙。
譬如你總認為我膽子太小，又不合群，只會守在詩的這個小圈子裡，
沒勇氣越界去現代、去存在，到野外赤條條證明這世界是多麼的虛無。
還有，還有，還有，你天真無邪的在我新婚的第三天，不知從哪裡，
跑到我家新房床上來睡午覺，嚇得我新婚的妻子趕快逃離住處。

好了，好了，再寫會越來越扯。
卡夫卡說「我混身灰暗，猶如一撮灰燼」，這當然只指沒有出息的我。
你的一生在製造疼痛，化不能為可能。就如你所信奉的尼采說的，
「只有不斷引起疼痛的東西，才不會被忘記。」

你是不會被忘記的，恕我只會記得一些在半痴中尚能記起的糗事。

德星！快安息！

二〇一一・三・六

老至吟

老一定是不請而至
怕也沒有用，那無賴
專門鑽營各種隙縫
就是易容美體也躲不過
它的精明、根本就是專搞破壞的精靈

如何接待它，安頓它，防備它的
各種戰略，戰術，祕笈和奇門盾甲
無數強身健體標準作業程序都不奏效

古早年「欲不老」的廣告不知騙了多少人
老之將至，已至，誰也奈何不了它的突至
至於臉上的皺紋，褐色的斑點那都只是
它不費吹灰之力的點水之功
最恐怖的是不知它走的何種管道
盜用了那處監控密碼
早已進駐了你的體內要津
無聲無息的將重要部位老化殆盡
不時你還特意致贈以強身補品
殊不知更助加速老化的完成

究竟用蠻力或者智取
讓老自動退卻，或不戰
而屈人之兵，讓你返老還童

有那知名氣功師傅已在公開傳授
獨門制服及馴老的特別方法
好像只要按照他的手舞足蹈
便可使人動如脫免、躍若飛龍
驅老如趕走鼠輩，狐群一般容易
所有的筋絡，所有的血脈
都可煥然一新，處處無阻暢通
有那急著一試，欲重新為人者
已趨之若鶩的拜師學藝，按表操課
經過幾番拉筋折骨，伸腿扭腰
不到數日，果然看似打通任督二脈
活血通筋，氣爽神清，儼然死裡逃生

然而老之狡猾，老之無賴，老之無情
已是千年修煉，萬年成精的妖孽

從來戰無不勝，攻無不克
小小的懷柔，不傷大雅的愛撫打壓
豈能打動它侵略成性的野心
若以為它已就範，或俯首稱臣
那就上了它偽善成性的大當
豈不知老奸巨滑，老謀深算早就古有名訓
不可高興一時之效，忘卻深入膏肓之痛
如此，唯有視老如親，待它如忘年的友人
絕不在乎老之趨近，無須提防黑手偷心
視老之來臨如時序之進入秋冬，萬物將
自孕育長成，果熟蒂落的一次輪迴
縱肉身枯爛成腐朽，仍可充作養份再造生命
懼老的你我朋友，應有此充份的自信

二〇一一・三・十六

經歷

曾經住過
在拿撒勒人體內住過
聽到他在鋸木的聲音
好怕好怕地我縮成一堆
深恐他發現
裡面竟藏著
一隻畏光的蛀蟲

曾經偷吻過
佛陀的大姆指

數過他跋涉取經的沉重腳步
好怕好怕我是一枚砂礫
不小心割破
行者勇往直前
捨己渡人的鬥志

曾經疲乏地
鑽進路邊的破棉絮
與一位不識的路人共眠過
好怕好怕我的魯莽
把沉沉入睡的他吵醒
耽誤第二天逃亡的行程
第二天發覺他早已在天家入境

曾經逗留在
乾旱的戈壁沙漠
貪看一輪紅日如何了卻沉淪
才發現自己突陷風暴中心
四面八方都可通天徹地
而卻沒有一條捷徑
可以讓我出走脫困

二〇一一・三・二十

打房謠

立在那裡好端端的
管它春去秋來，日輪常轉
靜靜的，從未想過要鬧革命
呆得壓根兒也造不了誰的反
真不知道那個方位礙著了
誰家風水。那處屋簷水
滴進了某家權貴的套間

也不知道沖著了什麼邪門
突然間惡言穢語聞風湧至

不問青紅皂白一口鐵定要都更
想不透我這低矮不起眼的蝸居
不過有點風來雨擋的擔當
想也不應成為改頭換面的對象

在這裡不過徒讓孩子們有個窩
從無作拜波塔直通天庭的妄想
至於物價徒漲連帶蘿蔔白菜飆高
廚餘的剩飯殘烹都有人搶著要
動腦到磚砌及祖先體溫保護的老厝
也未免太過抬舉和不識時務

我何人也、汝何人也，爾又何人
操盤的手從不戰戰兢兢

哪管你是智障或弱勢族群
能伸進一個手指可獲的縫隙微利
決不會讓一隻螞蟻過身
要就全拿，要不拿就賭命

若問房有什麼好打的
要折除有重機械隨時待命
怪手的蠻力扳倒一堵高牆
快速如扯碎一隻紙紮的風箏
關鍵在喊打只是嚇人的口號
寄望嚇服以抄房而獲巨利之人

問題全出在M型的凸凹上
都想別人讓出平坦給自己馳騁

站在別人肩胛上耍刀
既保自身安全又顯無上威風
真不知要打的究竟是一房、二房
還是側室、偏房，抑或暗房

那麼多高大空屋交蚊子控管
無殼蝸牛多夢想有間詩意套房
選屋究竟是去東森還是住商，或者
任天堂那整座虛擬豪華農莊，然而
有那佔千坪土地的豪奢墳塋，居然
厚著臉皮攻擊一隻小小骨灰罈

而貧無立錐的老芋仔及其無助妻小
竟有人要從低矮的房舍揪出來棄養

其實景氣暗淡飯店住房率極低
不知有多少塵蟎在獨守偌大空房
地震海嘯席捲起的整座村莊，看來
房屋漂流輕若無根的浮漚泡沫一樣

似此天人合一操作的不公不義
不知向誰投訴，向誰索取賠償
偏偏這年頭處處靠「打」爭取版面
打屁已不流行，打假打黑又打黃
而今又流行起「打房」
這人間似乎已不打不成方向

卻誰也奈何不了豪門巨賈的擎天豪宅
別說打，腳也伸不進他家金砌的門房

已有人在鼓動這一帶老舊公寓也都更
事成後高房價更會令小市民聞風喪膽
喊打不成課以重稅仍輕如拔一根寒毛
嗜血巨獸已貪婪到肆無忌憚

二〇一一・三・二十五

換日線——為小友送別

這是今天為你舉行的送別盛會
夭壽呵！哪來這麼多愛你的人
烏鴉塗口紅扮成喜雀報喪
青澀橄欖裹上糖衣，獻花又獻果
一群白頭翁組成的唱詩班
心不在焉的在唸你喜歡的玫瑰經
貓頭鷹向夜暗告假，大白天
租來一身孔雀羽毛彩戲娛親
隔天保證眾家兄弟都上頭版新聞

唯你仍留在插管的昨日停格的昨日
夭壽呵！竟隔著一條
再也踏不過去的換日線
你仍是那副不在乎的無邪笑靨
看樣子還在想遊戲人間
還想用舊報紙捲成畫筆
橫掃出這比糞坑更臭更醜的現實
遺憾的是你縱然仍有如椽的巨筆
也過不了那條擋路的換日線

註：「夭壽」，台語短命的、要死的意思。

二〇一一・六・四

長春祠牆上的名字

能把名字
刻在牆上
那是多大的尊榮
那天路過長春祠

只聽到，一陣
十字鎬和岩石咬牙切齒的較勁
火藥引爆飛沙走石的激情
那牆上所有的名字
都霍地立了起來

卻又時不我與的，那些
曾經生龍活虎要山讓路
要水截流的牆上的名字
彷彿在說，現在有誰
敢和我們一樣用剩餘血肉
為這島嶼服一次
開天闢地的永久勞役

註：長春祠位於東台灣花蓮太魯閣公園內，奉祀當年修建中橫公路施工慘死的二一二位榮民弟兄。每天到太魯閣公園的中外遊客，絡繹於途，鮮有人到溪對岸孤立的長春祠，向那些早年自內地當兵來台的孤魂致敬。

二〇一一・七・十四

洪荒狀態

水被氣化，不斷蒸發時
放哨大聲尖叫，自覺無辜狀態
葉子正青春，肆意張牙舞爪
秋風一把扯下墜地無聲的可憐狀態
為了一首詩的完成
常常進入六神無主的狀態
不再相信神蹟
一下子掉入天下本事的輕鬆狀態

眾人都鼓掌
唯他獨望天的得意狀態
人人呼萬歲
喇叭突失聲的尷尬狀態
土石流鋪天蓋地而來
螂臂無力擋住狂濤的莫可如何狀態
資源散失，無法回收
文明垃圾為害，極待危機處理狀態
薄脆衛生紙滿載江山如此多嬌
究應如何梳理的慌張狀態
瞎子處在暗中
聾子陷身絕域
啞子不諳手語
天子腦袋秀逗

一切都處在混沌未明的
On Line 洪荒狀態

這是二〇一一年七月出版的《衛生紙》詩刊上，我的一首詩。

化外之民

他把他的最初
獻給了喜峰口的一役
迎接他的一枚日鑄黃銅子彈
貫穿了他的鎖骨
他執拗的抗拒，決不能死

他廿五歲，六神無主
像叫化子一樣帶來這個島上
收容他的是煙墩山，是漢寶村，是牛角嶺
伴他的是海岸線旁的木麻黃，野菠蘿林

整日夜聽海濤撞牆的怒吼、海鷗失群的悲鳴
他的任務是巡守這一帶海防，發現敵蹤
他常想如果要是二弟摸了上來
該是給他一槍，還是
把他密藏在野菠蘿林
他在海邊日夜都在做著這種惡夢

惡夢連連廿多年，島內外島地方換盡
在無人海濱的水泥掩體以軍作家
他已經是這繁華島上化外之民
像那條伴他守衛的老狗一樣
為這塊他沒有半寸的土地忠實守門
等他發覺戴上望遠鏡也看得一片模糊
從來不當一回事的風濕病

已嚴重到不能到處巡狩走動
而除了這唯一死守海防的專長
他已經是這島上必須放棄的廢人

廢人無論流落哪裡頂多出賣剩餘勞力
他拖著一切耗光的殘軀修過公路
幫養豬場收過酸臭的廚餘
在台北橋頭等待雇主的臨時雜工
有一餐沒一餐的險些與流浪漢爭食
他不是隨便如此，他有過當國軍的尊嚴
他在山東的老家也算殷實的地主
他從沒想向誰算過這一輩子風霜的帳
他還不時感念這塊土地收留了他
曾以微薄收入助鄰村小女孩上大學讀書

最後他以六十五歲的高齡住進了榮家
這裡收容了和他一樣命運一堆老人
在這裡有吃有住還有些餘零花的收入
有病有痛也有醫療照顧
暇時和大家聊各自不同的戰場遭遇
比賽誰的傷口最深，誰的傷疤最大
他總細說他在喜峰口一役的奮勇
也告訴大家他接濟的那女孩已是博士
已經重聽的老兵個個都流淚的佩服
每一個老人都有一段無愧的往事

活到八十二歲
他把他的最後孤注一擲

集存了數十年的五十萬積蓄
全數捐給了一家孤兒院
他說他也算是一個孤兒
活在這榮家的老人都是形同孤兒
對所有沒有根沒有葉的人
都應該不分彼此無私的照顧

註：近日報載屢有老榮民將其一生僅有積蓄捐獻給弱勢族群的報導，本詩即為我一位舊識的親身經歷。

二〇一一．十．十九

舒暢已回家

時間真的會停下來
那天他的眼睛鼓鼓的
像落洞的兩顆彈珠
卡在那裡
一動也不動
這種時候，真不知
為什麼事他仍在發怒？

從來沒有舒暢過一天的舒暢
現在真該舒服暢快了

至少不再管院中鳥事
特約茶室那些娘兒們
再也不煩他代寫情書
別人家的夫妻間
管他中央擋布不擋布

十大頭名的小說家舒暢
象棋界尊稱長老的舒暢
和朱西甯不相伯仲的舒暢
罵詩也寫詩得特好的舒暢
牙齒早掉光不戴假牙的舒暢
最愛吃我家沙鍋魚頭的舒暢
讓弟子苗青頓失依恃的舒暢

就此俱往矣麼？
他那湖北腔的口音仍繞樑：
「要幹掉我，沒那麼簡單。
我是千年不死的禍害，
閻王不敢碰，
小鬼不敢攀，
隨時等候在你們的壞心眼上。」

後記：

二〇〇七年二月十六日傍晚七時，舒暢是在療養院餵飯時不慎噎死的，臨死時眼睛睜大不閉，弟子苗青趕去用手將其合攏，並泣不成聲。早年自軍中退役後、舒暢即孑然一身在台，一生獨來獨往，過他超現實的生活，寫他超現實的小說，曾獲選為台灣十大小說家之首。舒暢最熱心助人，朋友同事間的家務紛爭，多半由他出面擺平，但常弄得兩面不討好。舒暢前後出有六本長短篇小說集，一九七一年四月至七月在民族晚報副刊上發表的長篇小說〈天窗〉至今未找到出版的識家。〈院中故事〉和〈那年在特約茶室〉分別出版於一九八一年及一九九一年，後者係他駐防金門時有關一般所稱「軍中樂園」的故事。他是湖北漢陽人，常想吃到家鄉的美味「武昌魚」，我們在他因病住院時，總烹「沙鍋魚頭」給他聊以解饞，他也欣然滿意。這首詩早就寫好，本該早應發表，但總覺得不愛趁熱鬧的他，在大家都已漸漸淡忘他的時候再提起他似乎更具懷念價值。最近他的弟子苗青告訴我，舒暢的骨灰在靈骨塔寄放滿五年，她已親送回他湖北的老家了，舒暢老哥總算已落葉歸根。

二〇一一・十一・五

求籤——各路神靈

搖晃著一隻靈頑的竹木籤筒
閃亮著廟祝的香火手印
以及求告者許諾的虔誠
兩手緊抱得也抖顫汗淋

各路神靈呀！你們都很忙
應接不暇，香火鼎盛
大智者對自己失去信心時
也靠你的一支竹籤點醒

兩手緊抱著你的，也許乃
飛得太高，迷途的一隻鷹隼？
倒掛懸岩邊即將捨身的一莖草葉？
巨輪輾壓過身的一群竹節蟲？

這都不算什麼。這都不值得
勞你來卜告它們未來的吉凶
納悶的是你們的語言，永遠
流水般躲閃，口含屎蛋般失真

你們永遠在化裝，扮演先知
永遠自認是無所不在的神靈
永遠高傲地主宰別人的命運
以幻象愚弄盲目的眾生

各路過往的神靈呀！
如果真的要大顯神通
去掉魔法師的偽裝吧
我們以誠意換來你的真心

別以搖落的籤枝製造虛假機率
編造出千篇一律的偈語騙人
切勿以囈語或啞謎裝作高深
現代滑鼠一舔即能識破一切底蘊

二〇一〇・四・二十四

綠紗窗外

不敢看向雨後的窗外
那芭蕉欲衝得與天比高
洛神花嬌羞的紅綠交相不讓
只想，以眼窩的空洞去求證
這立體裡究有幾枚星宿同床

當昨日的那個老太陽
依舊不得不陪著笑臉
當味吉爾再也不響應

依賽亞的回聲
而我這樣的宅男
窗外雲的沒落，月的消停
與我何干

只擔心，自己衣飾裡
膨脹充血的脈絡
在把未來擠成石灰質？
還是妄想苦撐住
傾頹的塑料鋼骨，和
應聲落水的無料夢想

二〇一二・一・十五刊於聯副

瘋言語

要說，我這樣子不正常
定要釋疑只是一個字
愛、只是我的方式不一樣
我不會給你們噴香水
偏要給你們潑硫酸
那是因為
你們常說先有破壞再來建設
不然，我會總是看不順眼
你那懸膽的鼻子，溺人的秋波
活著不能按照你們的審美圖樣

要靠近我
除非你們去拿引火索
將我點燃，將我引爆
成一灘炫耀的火花
那是使我一瞬間灰飛煙滅的妙方
偏偏你們拿的是一根老舊的韁繩
想用已不時興的方式馴服一頭驢
驢也有驢權呵！我也要自由
唯一的罪行是我愛走在馬路中間
偏偏倒倒的，偏要你們好看

憑什麼？左腳
踩在日晷上耀武揚威的那傢伙

只有baby size規格的那傢伙
一朵花開沒三秒鐘的火焰
憑什麼要我把黑夜吐出來給他看
我早說過
點中我的穴
不要只撈我的癢
我會雙手攤開躺在地上
掏出傢伙疲軟地指不定那個方向

肯定，我吞不下一頭大象
雖然口張大得像鱷魚要把世界啃光
只有你們這些鼬鼠才會那麼緊張
找來我媽，找來醫生和另一半
以嚎哭，以針頭，恩威並舉

他媽的我怎麼比臨盆的母豬還窩囊
要是我還有反抗的力氣
只需一個手指頭就能把你們壓在地上
而現在我已沒有興趣和你們玩
好睏呵！一，二，三，開始打鼾

二〇一二・三・四

丟掉

很多很多公元年前
沒敢走入現代，我有色盲
很多很多公元年後
大膽站在現在的後現代
而我的色感仍一片茫然

我想，大概是很多很多
扔下的時間變色鏡片太沉重
交感神經已變得疲軟

必須卸下過多的，眼壓才能還原
才看得清未被基因改造的童年

真的，必須開始學會丟包了
先要丟掉的是加諸生理的貞操帶
現在才知道，腰為什麼直不起來
一條強制的詛咒一直綑綁著
無緣無故不能直面對看真相

想要解放自己麼？慎選自己的
頭套最要緊，別老是中性或中空
無論桂冠、烏紗、瓜皮、或鴨舌
都要丟掉，以免偏頭痛或腦中風
情願頂上只剩下一大片青空

別怪被人羨慕永遠貌似青春
天真的鳥兒會誤入偽裝的叢林
其實那是視覺欺騙的假象
丟掉那些磨難鑄給的面孔
還給母親生我的本真

說詩可以直追李杜或荷馬
真像鷹隼凌空直下盛氣凌人
從來沒想到寫詩必那麼驍勇
前人說詩猶如人必溫柔敦厚
快丟掉那些補妝式的虛榮

本是鐵匠的後人，知道
火浴和錘煉是成長必經途徑

灼傷的疤痕是最美麗的紋飾
鐵與鐵的交媾使一切偉岸成型
丟掉的是不耐重擊暴走的火星

都像等在擁擠的候機室
等著登錄、等著帶位、等著升空
渾然不知這已是無情的後現代
白痴和朽木早已被時代去勢
是要被丟掉，不是移民到異域

二〇一二・三・十一

低調也有歌（代後記）

去年剛出版兩本書不久，有人問我下一本詩集將取什麼書名，我毫不遲疑的回答，將是四個字的「低調之歌」。他聽了之後很不能理解的問我「有沒有搞錯？人家為詩集取名都巴不得取個討喜好聽的名字，你剛出版一本詩集《閒愁》，已經夠低調，怎麼還要唱一個「低調之歌」，有那麼悲觀消極嗎？你從前還出過《青春的臉》、《陽光顆粒》等正面積極性的詩集。」我說這就是一些名嘴常說的「個性決定命運」，現在我的面世態度似乎就是如此，已經被好多人看出來了。何況年紀已經這麼一大把，沒有精力和鬥志去爭強鬥勝了。好像我身上現在已貼得有那麼個低眉的LOGO一樣，於是我就準備乾脆把它定為將來再出詩集的書名。

知道自己原來很「低調」，還是二〇〇九年十一月一日，中華民國國際筆會文學沙龍舉行「原鄉之聲」多種語言詩歌朗誦。那一次我出席朗誦了新寫的〈草叢裡的詩〉，在朗誦之前我對聽眾說，有人一定會問「草叢裡也有詩嗎？」我說一定有的，我的老師覃子豪先生曾經說過「詩是一種未知的探求，一種發現。」唐朝詩人賈島也說過「但肯尋詩便有詩」，所以我就從草叢的低處找出了這串卑微的詩。那次朗誦名家雲集，有英、美、法、俄、西班牙、蒙古、卑南族、泰雅族等各種語言，只有我和陳義芝是純中文詩，氣氛非常熱烈。我那串詩的第一首名為〈草叢〉，是這樣寫的：

非常想混
混進溝邊的那處草叢
聽聽最低矮處的微弱呻吟
嚐嚐荒僻間的渡日苦境

我很瘦，也不挑食

非常適合與他們共存共榮
只是我的腳步沉重
深怕踏碎那兒保有的寧靜

大家朗誦完畢，所有的人聚在一起聊天，旁邊的老友余光中教授突然對我說：「向明兄你近來的詩都很低調。」我尚來不及反應，另一頭的席慕蓉也說「是呀！你怎麼這樣低調？」我幾乎找不出話來反應，只說想寫就這樣寫了，從來沒考慮到「調性」過。但我倒是非常窩心他們都在注意我的詩，還坦白指出我詩中所透露出的心境，而我自己卻渾然不知。

中文裡面，凡「低」字組成的詞彙好像都不太健康，像低劣、低微、低沉、低能、低三下四、低聲下氣等等，我還以為「低調」也是屬於此類。我也誤認「低調」屬於音樂中的一種「調性」，結果全不是那一回事。心理學上說所謂低調者表示這個人，不太把自己當一回事，不恃才傲物，以寬容之心度他人之過，從不敢顯大家本色，而簡樸是低調做人的根本。一本叫做《低調厚黑學》的書裡則標明「低調做人，你會一次比一次穩健。高調做事，你會一次比一次優秀。」顯然這後面兩句話是說給現在在職場混的人聽的，而我這個快接近廢棄物的老人，如果尚能勉強合乎前面那幾句「低調」的最低規格，我也就心安了。

由於頭髮全白，行動老態龍鍾，而且側身詩壇數十寒暑，每有年輕朋友動輒以「前輩」稱呼，每聽一次，我就汗顏一次，那有如此惡質的「前輩」？乃激起我憤而寫一首詩撇清，詩曰：

前輩

就是因為
頭頂一面降旗似的白髮
時常被喊成「前輩」。

我會不急不忙地從口袋中

拿出一枚幣值一元的銅錢
然後問他
就是這個嗎？
馬上又補充
已經貶值到
丟在地上都沒有人去撿拾的
那種「錢幣」。

不知道我這樣不敢自居魁首，不願強出頭的表態，算不算也就是「低調」的表現？我想我如再出書，用「低調之歌」為書名也是振振有詞的了。現在這本《低調之歌》終於擺在公眾的面前了，可以看出我仍堅持我的低調，因為我只有這個本錢。

《低調之歌》收入我自二〇〇六年底至二〇一二年三月，這六年來所寫作品中，中長型的詩創作三十三首。我的詩仍然愛以「現實」意象碰觸人生，取材自世間多種層面，尤對弱勢多一份關懷，對不公不義絕對以幽默的暗諷促其自省。語言慣於平淡，用詞一向平常，但在其關鍵要害處，不忘意外的留下餘響，這是我一向的慣技。在作品最後我收錄四位名家對我詩作的反應與講評，他們的溢美之詞對我是一種鞭促與鼓勵，也對我的詩增多一份瞭解，在此我感謝不盡。

書於二〇一二年五月三十日，台北姆指山下

附錄

名家評詩四篇

倨傲的靈光——向明詩〈軒轅〉賞析

李林

軒轅

看到對面屋角上的一扇窗
大剌剌的
我就想給他一拳
打死他那麼無知的開向
讓我非得目不轉睛的照著自己看

我已經不想要我自己了
在一些名片上
開始逃亡
在一堆履歷上
竄改出生
在一些場合中
戴上假髮
從此不再告訴別人
我是前世又前世的正宗軒轅

其實，無論從反照或真身去看
世上真沒有這麼畏縮
膽怯而又無力感的

軒轅。只是
在頭上還有一點點倨傲的靈光

〈軒轅〉算是作者近日之作，但為何以之為題名呢？軒轅是中國傳說時代的一位代表性人物，在某種程度上，他象徵了廣大而悠久的中華文化裡最深邃人文啟蒙思想的始祖。現行社會中，我們所欠缺的不是科技的追求，而是一份人文的關懷，因而間接地釀成了功利思想的盛行，人際關係的疏離和猜疑，以及道德水準的低落。

此詩作者藉由「看到對面屋角上的一扇窗／那麼無知的開向」引起話機，於是有「我就想給他一拳」的衝動，因為它「讓我非得目不轉睛的朝著自己看」，看得自己都「自慚形穢」，終至說出「我已經不想要我自己了」，「在一些名片上開始逃亡」，「在一些履歷上竄改出生」，「在一些場合中戴上假髮」，這一連串自認不合時宜，想逃避於世的作為，發展得多麼教人鼻酸。

相傳軒轅出生幾十天後就會說話，少年時即思維敏捷，成年後聰明能幹。作者此時突然把軒轅這個完美人物引進詩中，無非欲與自己的窩囊相對照，虧損出自己實在見不得人，切記今後別再吹牛「告訴別人／我是前世又前世的正宗軒轅」。因為「無論從反照或真身去看／世上真沒有這麼畏縮／膽怯而又無力的／軒轅」。作者嘲諷自己的意味，越來越深濃且清晰。簡直把自己說得一無是處。

然而最後話鋒一轉，作者還是不忘自己多少還有點長處，自信「在頭上還有一點點倨傲的靈光」。這樣的一個反差的結束，使此詩從一路低潮中、突然躍起一個浪頭，其所隱含的暗示是，我儘管可能處處不如人，處處都令自己沮喪，絕對比不上完美無缺的軒轅，然而我總算還有一點倨傲的自信，那才是我自我救贖的靈光。此詩雖屬詩人自省的警示，然而也足以啟發所有知識份子切勿自暴自棄，都要保有一份倨傲的靈光面對花花世界。

【按】〈軒轅〉發表於二〇〇八年四月號《乾坤詩刊》

一首隱喻式反戰詩——向明詩〈靶場那邊〉賞析

辛鬱

向明的詩風穩健，一直是在一種極嚴格的自我抑制下發育成長。就取材來說大多致力於人生的探求，對人生意義的肯定，從不人云亦云，只堅持自己的路向，創造他那明朗堅實的作品風格。早年的向明詩風即是如此的走向，且看收在他第三本詩集《青春的臉》中的〈靶場那邊〉：

靶場那邊

靶場那邊
雲挽著雲在驚慌逃竄

靶場那邊
子彈追著子彈在貪饞的交媾

靶場那邊
人與人排列著
唯一的、朝著一個方向放槍

靶場那邊
劃空而過的呼嘯聲
在爭相走告
靶場的外面
還有靶場
還有靶場
還有靶場

〈靶場那邊〉一詩寫於民國六十二年，發表於《秋水詩刊》創刊號。後收入於一九八二年出版的詩集《青春的臉》。向明寫此詩的背景是當時他帶著家小居住在台北市吳興街底的一個巷弄內、離象山下的軍方靶場很近，每日都聽到不斷的放槍聲。向明當時身為職業軍人，自童年開始即在砲火中長大，早已厭倦這種殺戮的呼嘯，和背後隱藏的可怕戰爭陰影。

這首詩即是在這種心情下產生。從詩的最後一連三句「還有靶場」，就可深切領悟，詩人所以運用這種題材加以表現，乃是有感於現實人生這慘痛的一面，都是由戰爭造成的。人類為了戰爭而製造兵器，為了校驗兵器的殺傷力，而設立靶場。而根據詩人一生都在戰火中成長的經驗，再猛烈的砲火也解決不了任何紛爭，再神聖的戰爭也不過是借殺戮來達成某種自私的主張。詩人的悲憫之心旨在譴責這種殘酷的殺人手段。因此這首詩是詩人內心隱喻式反戰意識的表白，在那反攻復國的大時代，寫這樣的詩是非常要有勇氣的。

滿紙都是閒愁——來信告知詩集《閒愁》讀後

洛夫

在這北美的異域、讀到老友向明新著詩集《閒愁》非常高興，看到封面倍感親切，因為我也寫過一首〈閒愁〉，可是翻遍這本詩集的全書，半首〈閒愁〉也未找到，但讀完又覺滿紙都是「閒愁」，原來給詩集取名字也不必有此詩在其中。

讀完這整本書，最深的感受還是那句老話，「看誰老得漂亮」。說句你知我知千萬不可外傳的話，時至今日，除了極少數如你我者，大多在吃老本，原地踏步。向明和我雖老（我們均是民國十七年生，我比他大一個月），並未洩氣。我們各自風格不同，但追求創新仍有餘勇。有一點更相似，那就是破除了一貫對詩的概念，信手拈來，突破詩材、詩體、詩語的限制，隨心所欲不逾矩是也。

你說你的詩是「閒愁」，我卻發現了閒趣和閒罵（罵詩人），但我還是喜歡有深度而又有情趣的詩如〈空房間〉。當然那首極盡調侃誹諧的〈詩的厲害〉也很不錯，樂而不淫也。詩是這樣寫的，不妨大家共賞：

詩的厲害

那純粹是以鈍器
攻堅進去的
任何雌性動物都知道
這是詩的厲害

確定只有這傳統武器
那無情的碰撞
那無厘頭的鑽研

才能把一切失魂的亂碼
整肅得服服貼貼

就像那婆娘
現在，躺著的那樣

你的那首贈詩〈天空〉，我倒是第一次讀到，詩很好，也謝謝你的盛情，曾進豐在序中也點評得很好。這位先生以前沒聽說起過，但文章精闢老辣，詩學修養精湛，是一位年輕教授吧！

【按】〈天空〉一詩發表於二〇〇六年一月四日中央副刊、洛夫先生其時已客居加拿大。曾進豐先生現為高師大教授、為國家重大考試命題委員。曾以研究周夢蝶詩作得國家文學博士。

奔向永恆——向明詩〈私心〉讀後

余光中

私心

牆上
那座走了近百年的老掛鐘
突然敲著我說：
「老兄，我要小解。」

對於，他這隱忍夠久罕有之舉
我感到赧然

然而，我沒有理他
必得自私
因為，我不能沒有時間

哲學家虛子一連三天登壇講學，題目是〈奔向永恆〉。時間被得罪了。第四天清晨他醒來，家裡的鐘錶全罷了工。長針，短針都指向天頂，那姿態不像是祈禱，卻像是指控。

他必須搭火車去遠方，好在趕到火車站，還有幾分鐘才開車。但火車開動後，全世界的鐘錶都接著罷了工。他發現從此火車不再停站，只顧向前衝，衝，衝。而車輪寂寂無聲，在虛空中奔馳。司機廣播說「末站已經過了，誰也不能下車。」虛子惶然四顧，發現車上乘客全是三天來他台下的聽眾，而坐得越近他的，正是拍掌最熱烈的那些。

他再看上車時帶來的報紙，上端竟已失去日期，車窗上的日影始終沒有移動。終於他發現「永恆的價值」，只有在時間裡才懂得。他站了起來，準備向他的聽眾宣布新的結論。但似乎太遲了，滿車聽眾，不，奔向永恆的乘客，已決定將他推下車去。

【按】向明〈私心〉發表於二〇〇七年五月二十三日《台灣聯合報副刊》。及二〇〇七年七月一日《美國世界日報副刊》。余氏對此詩的解讀非常特殊，已具哲思的境界，必須深度思考。

閱讀大詩17　PG0862

低調之歌
——向明詩集

作　　者　向　明
責任編輯　黃姣潔
圖文排版　彭君如
封面設計　王嵩賀

出版策劃　釀出版
製作發行　秀威資訊科技股份有限公司
114 台北市內湖區瑞光路76巷65號1樓
電話：+886-2-2796-3638　傳真：+886-2-2796-1377
服務信箱：service@showwe.com.tw
http://www.showwe.com.tw
郵政劃撥　19563868　戶名：秀威資訊科技股份有限公司
展售門市　國家書店【松江門市】
104 台北市中山區松江路209號1樓
電話：+886-2-2518-0207　傳真：+886-2-2518-0778
網路訂購　秀威網路書店：http://www.bodbooks.com.tw
國家網路書店：http://www.govbooks.com.tw
法律顧問　毛國樑　律師
總 經 銷　聯合發行股份有限公司
231新北市新店區寶橋路235巷6弄6號4F
電話：+886-2-2917-8022　傳真：+886-2-2915-6275

出版日期　2012年12月　BOD一版
定　　價　250元

Printed in Taiwan

國家圖書館出版品預行編目

低調之歌──向明詩集 / 向明著. -- 一版. -- 臺北市：釀出版, 2012.12

面； 公分. --（閱讀大師；17）

BOD版

ISBN 978-986-5976-90-3（平裝）

851.486 101022662

讀者回函卡

感謝您購買本書，為提升服務品質，請填妥以下資料，將讀者回函卡直接寄回或傳真本公司，收到您的寶貴意見後，我們會收藏記錄及檢討，謝謝！

如您需要了解本公司最新出版書目、購書優惠或企劃活動，歡迎您上網查詢或下載相關資料：http:// www.showwe.com.tw

您購買的書名：______________________________

出生日期：________年________月________日

學歷：□高中（含）以下　□大專　□研究所（含）以上

職業：□製造業　□金融業　□資訊業　□軍警　□傳播業　□自由業

□服務業　□公務員　□教職　□學生　□家管　□其它_____

購書地點：□網路書店　□實體書店　□書展　□郵購　□贈閱　□其他

您從何得知本書的消息？

□網路書店　□實體書店　□網路搜尋　□電子報　□書訊　□雜誌

□傳播媒體　□親友推薦　□網站推薦　□部落格　□其他__________

您對本書的評價：（請填代號　1.非常滿意　2.滿意　3.尚可　4.再改進）

封面設計____　版面編排____　內容____　文／譯筆____　價格____

讀完書後您覺得：

□很有收穫　□有收穫　□收穫不多　□沒收穫

對我們的建議：______________________________

____

____

____

請貼
郵票

11466
台北市内湖區瑞光路 76 巷 65 號 1 樓

秀威資訊科技股份有限公司 收

BOD 數位出版事業部

……………………………………………………………………

（請沿線對折寄回，謝謝！）

姓　　名：＿＿＿＿＿＿＿＿＿　年齡：＿＿＿＿　性別：□女　□男

郵遞區號：□□□□□

地　　址：＿＿＿＿＿＿＿＿＿＿＿＿＿＿＿＿＿＿＿＿＿＿＿＿

聯絡電話：（日）＿＿＿＿＿＿＿＿＿（夜）＿＿＿＿＿＿＿＿＿

E-mail：＿＿＿＿＿＿＿＿＿＿＿＿＿＿＿＿＿＿＿＿＿＿＿＿